幼兒全語文 階梯故事 系列

找食物

袁妙霞 著
野人 繪

 園丁文化

小馬吃完草，肚子飽飽的，準備回家去。

路上，小馬問鳥兒：「你在找什麼？」

鳥兒說：「我在找蟲兒吃呀！」

路上，小馬問青蛙：「你在找什麼？」

青蛙說：「我在找蚊子吃呀！」

路上，小馬問獅子：「你在找什麼？」

獅子説：「我在找馬兒吃呀！」
「救命呀！」小馬一邊跑一邊大叫。

導讀活動

 提問

進行方法：

❶ 讀故事前，請伴讀者把故事先看一遍。
❷ 引導孩子觀察圖畫，透過提問和孩子本身的生活經驗，幫助孩子猜測故事的發展和結局。
❸ 利用重複句式的特點，引導孩子閱讀故事及猜測情節。如有需要，伴讀者可以給予協助。
❹ 最後，請孩子把故事從頭到尾讀一遍。

 封面
1. 你猜圖中的動物在找什麼？
2. 請把書名讀一遍。

 P2
1. 圖中的小馬在吃什麼？
2. 你猜他吃飽了嗎？

P3
1. 小馬來到一棵大樹旁邊，他在這裏遇見誰呢？
2. 你猜鳥兒在樹幹上找什麼呢？

P4
1. 鳥兒找到食物了嗎？
2. 鳥兒找到什麼作食物呢？

 P5
1. 小馬來到池塘邊，他在這裏遇見誰呢？
2. 你猜青蛙四處張望，在找什麼呢？

P6
1. 青蛙找到食物了嗎？他找到什麼作食物呢？
2. 青蛙是怎樣把蚊子吃進肚子裏去的？

P7
1. 小馬來到一塊大石旁邊，他在這裏遇見誰呢？
2. 你猜獅子看見小馬，為什麼會「流口水」呢？

P8
1. 你猜對了嗎？獅子正想找什麼作食物呢？
2. 為什麼小馬要拼命飛跑？

知識點 吃草的動物

有些動物只吃肉不吃草，例如老虎、獅子、豹等；有些動物只吃草不吃肉，例如馬、牛、羊等。

馬、牛、羊都是人類的好幫手，因此，牧場主人都喜歡飼養牠們。

在廣闊的草原上，我們可以見到牧人放牧，一羣羣的馬、牛、羊在低頭吃草呢！

兒歌 數青蛙

一隻青蛙一張嘴，

兩隻眼睛四條腿，

撲通一聲跳下水。

兩隻青蛙兩張嘴，

四隻眼睛八條腿，

撲通撲通跳下水。

（成人可按孩子的年齡，增加青蛙的數量。）

字卡

請沿虛線剪出字卡。

玩法

❶ 把字卡全部排列出來，伴讀者讀出字詞，請孩子選出相應的字卡。
❷ 請孩子自行選出多張字卡，讀出字詞並口頭造句。

小馬	吃草	肚子
飽	準備	路上
鳥兒	青蛙	蚊子
獅子	救命	一邊

幼兒全語文階梯故事系列
第3級（中階篇）

《找食物》

©園丁文化

幼兒全語文階梯故事系列
第3級（中階篇）

《找食物》

©園丁文化

幼兒全語文階梯故事系列
第3級（中階篇）

《找食物》

©園丁文化

幼兒全語文階梯故事系列
第3級（中階篇）

《找食物》

©園丁文化

幼兒全語文階梯故事系列
第3級（中階篇）

《找食物》

©園丁文化

幼兒全語文階梯故事系列
第3級（中階篇）

《找食物》

©園丁文化

幼兒全語文階梯故事系列
第3級（中階篇）

《找食物》

©園丁文化

幼兒全語文階梯故事系列
第3級（中階篇）

《找食物》

©園丁文化

幼兒全語文階梯故事系列
第3級（中階篇）

《找食物》

©園丁文化

幼兒全語文階梯故事系列
第3級（中階篇）

《找食物》

©園丁文化

幼兒全語文階梯故事系列
第3級（中階篇）

《找食物》

©園丁文化

幼兒全語文階梯故事系列
第3級（中階篇）

《找食物》

©園丁文化